ABBÉ F. LE DORZ

Ruth et Booz

DRAME SACRÉ
EN VERS, EN DEUX ACTES

Adapté de CALDERON

SE VEND
Chez M. le Curé de Saint-Patern, à Vannes, au bénéfice de ses Œuvres paroissiales. — Prix : 1 fr. 50.

VANNES
ÉDITEURS LAFOLYE FRÈRES

1916

RUTH ET BOOZ

DU MÊME AUTEUR

L'Enfant Prodigue, *drame évangélique*
en quatre actes, en vers. — Prix : **2** fr.

SOUS PRESSE

Bethléem *ou le Mystère de la Nativité*
en cinq actes, en vers.

ABBÉ F. LE DORZ

Ruth et Booz

DRAME SACRÉ
EN VERS, EN DEUX ACTES

Adapté de CALDERON

SE VEND
Chez M. le Curé de Saint-Patern, à Vannes, au bénéfice de ses Œuvres paroissiales. — Prix : 1 fr. 50.

VANNES
ÉDITEURS LAFOLYE FRÈRES

1916

A LA MÈRE DE DIEU,

MÈRE DES HOMMES,

A NOTRE DAME MARIE.

Quel prix ont à vos yeux nos trésors d'ici-bas,
O Vierge qui portez l'Enfant-Dieu dans vos bras ?
Mais, accueillante et douce entre les créatures,
Votre bonté sourit au plus humble présent,
Et, comme à votre autel, me voici déposant
Cette gerbe glanée au champ des Ecritures.

F. Le Dorz.

PERSONNAGES

L'Archange Gabriel.

Booz.

Ruth.

Noémi.

Samuel, *Intendant de Booz.*

Zelfo, *moissonneur.*

Zelfa, *sa femme.*

Siméon, *laboureur.*

Des Moissonneurs *et des* Moissonneuses.

Bethphogor, *qui est* Lucifer *déguisé en laboureur.*

Ithamar, *qui est* La Discorde, *vêtue en moissonneuse.*

— *Les costumes de Bethphogor et d'Ithamar doivent trancher sur ceux des autres laboureurs par leur couleur sombre.* — N. B. *Le sexe n'importe pas pour l'attribution du rôle des anges.*

RUTH ET BOOZ

ACTE PREMIER

La scène représente un lieu ombragé de chênes verts au pied d'une riante colline, devant les champs de Bethléem couverts de moissons.

SCÈNE I

GABRIEL, *puis* BETHPHOGOR *et* ITHAMAR

GABRIEL, *seul.*

Voilà donc Bethléem. Voici les champs où Dieu
M'appelle à des combats dont sa gloire est l'enjeu.
Il faut, dans une lutte où le Ciel se signale,
Sauver l'humanité de la ruse infernale.
Moi, l'ange Gabriel, instruit d'en haut, je sais
Que Lucifer et la Discorde, déguisés,
Rôdent par ces blés mûrs en tramant la ruine
D'une maison qu'aux plus grands honneurs Dieu destine.
Mais le noble Booz est sous ma garde. En vain
S'acharnent jour et nuit contre le plan divin,
Ce Lucifer et sa venimeuse compagne,
La partie est trop forte, et quand Dieu joue, il gagne.
Non, rien n'empêchera, — ni ruse ni fureur, —
Le mariage saint voulu par le Seigneur.

Bethphogor se présente, obséquieux.

Ah ! le faux moissonneur ! De quel air il m'aborde !...
Voyez-les donc !

Entrent Bethphogor et Ithamar.

SCÈNE II

GABRIEL, BETHPHOGOR *et* ITHAMAR

GABRIEL

Ah ! Lucifer, et toi, Discorde,
Vous êtes éventés. Au large ! Allez vous-en,
Campagnarde hypocrite, effronté paysan !
Regardez-moi. Je suis le frère de l'Archange
Qui vous précipita hors du ciel dans la fange.

BETHPHOGOR, *se redressant.*

J'espère être vainqueur dans de nouveaux combats.
Donc. ...

GABRIEL

Tu restes ici ?

BETHPHOGOR

Je ne m'en irai pas.
Vos plans mystérieux sont aisés à connaître.
Pour le salut de l'homme, au nom de votre maître,
Vous prétendez nouer ici des nœuds sacrés....
Ces plans s'écrouleront sur vos espoirs leurrés.

ITHAMAR à GABRIEL

Un terrible ennemi menace ton empire.
Prends garde !

BETHPHOGOR

Avec le Ciel Booz en vain conspire.
Que sa prière est folle et ses vœux impuissants !
Sauver l'homme pécheur ! Croit-on que j'y consens ?
Mes droits sur l'univers, si forts depuis la chute,
Je n'en céderai pas un seul sans âpre lutte.
L'homme est à moi. Le Ciel que lui propose Dieu,
Vraiment, pour le séduire, est chose de bien peu !
Comment, d'ailleurs, tirer la pureté du vice ?

ITHAMAR

Et le mal est plus fort que le bien !

BETHPHOGOR

C'est justice.
Au sang même choisi pour la grande rançon
Les amours de Thamar ont mêlé leur poison.

ITHAMAR

La mère de Booz, cette Chananéenne.....

BETHPHOGOR

Rahab !

ITHAMAR

On la connaît ! Pécheresse et païenne !

GABRIEL

Qui des deux croyez-vous que le Dieu saint chérit,
Ou l'archange en révolte, ou le pécheur contrit ?
Mauvais ange, astre éteint, réponds !

BETHPHOGOR

Dis toi-même
Ce qu'admire ton Dieu dans ce Booz qu'il aime,
Et qui n'est après tout qu'un laboureur cossu,
Aussi borné qu'avare et qui n'a jamais su
Que semer du froment d'un geste monotone,
Dans cette immensité de ses labours d'automne.

ITHAMAR

Oui, de grains sans valeur ensemencer ainsi
Des champs entiers, me semble un singulier souci.

GABRIEL

Geste auguste ! Saint travail ! Symbole agreste
Du Semeur qui répand la semence céleste :
Le bon grain germe, croît, et, béni du Seigneur,
Rapporte cent pour un à l'heureux moissonneur.

BETHPHOGOR

Sur les marchés du Ciel tous les froments font prime,
Fort bien. Mais, la raison de cette étrange estime ?

ITHAMAR

L'aliment le plus vil !

GABRIEL

L'universel salut !
Le trésor des trésors ! D'où Moïse voulut
Qu'un rite prophétique, au jour des sacrifices,
Des blés de la saison consacrât les prémices.
Du Pharaon d'Egypte ainsi l'ancien captif,
Joseph, offrit au peuple un blé figuratif.
La faim qu'il apaisa n'était rien près de celle
Qu'apaisera le pain de la vie éternelle.
De même encor Melchisédech, le jour qu'il vint
Vers Abraham, offrit et le pain et le vin ;
Comme en son temps le Fils de Dieu, prêtre suprême,
Rejeton de Booz, s'immolera lui-même,
En offrant à son Père et le pain et le vin ..

BETHPHOGOR, *s'exaspérant.*

Dévide l'écheveau de tes rêves sans fin !
Dis que, pour confirmer le même vain présage,
L'on a donné son nom à ce pauvre village,
Bethléem, la *maison du pain*...

GABRIEL

La vérité,
Ta bouche la proclame ! Oui, cette humble cité,
Cette maison du pain, dans ses murs verra naître
Le Sacrificateur unique, divin prêtre,
Qui, se donnant, lui, pain du Ciel, par ce présent
Combattra ton venin, ô serpent malfaisant,
Et tous les maux sortis de la fatale pomme
Que ta malice, hélas ! fit prendre au premier homme.

Dans cette Bethléem, si voisine des Cieux,
Quand tu verras passer, doux et majestueux,
Un homme en qui respire une bonté céleste,
Entre tous révéré, noble, riche et modeste,
Sache que c'est Booz qui passe... Et si tu veux
Contempler un spectacle à mouiller tous les yeux,
Suis jusqu'à sa maison l'auguste patriarche ;
Entre les rangs pressés des siens, vois comme il marche
Affable, affectueux, salué, saluant,
Si discret dans les dons qu'il va distribuant !
Le pauvre et l'étranger, confus de ses largesses,
Goûtent sous son regard l'oubli de leurs détresses ;
Ils s'asseoient à son banc avec ses familiers ;
Les matineux, les tard venus, ses journaliers
Reçoivent tous salaire égal ; et de sa table
Pas même le proscrit, pas même le coupable,
Nul ne s'est jamais vu repousser....

BETHPHOGOR, *piétinant d'impatience.*

Bien. Admis.

Mais puisque ce Booz est tant de vos amis,
Enflez donc son mérite au point de vous promettre
Que le Messie, un jour, l'agréera pour ancêtre.
Le peuple croit lui-même, — ô l'obstiné rêveur ! —
Que son salut est proche, et que le Dieu Sauveur
Aux jours prédits, ne peut, à ce qu'il imagine,
Tirer que de Booz son humaine origine.

ITHAMAR, *amèrement ironique.*

Booz, c'est la vertu !

BETHPHOGOR, *de même.*

La foi !

ITHAMAR

Le Juif parfait !

GABRIEL

Je sais l'immense effroi qu'il t'inspire, en effet.

BETHPHOGOR

Bah ! ma crainte est légère et Booz n'est plus d'âge
A caresser de sots projets de mariage.
On dit bien qu'autrefois la belle Noémi
Se destinait à ce parent....

ITHAMAR

A cet ami...,

BETHPHOGOR

L'insensée en a pris un autre, en fin de compte.

ITHAMAR

Elimélech.

BETHPHOGOR

De là sa misère et sa honte.
Très longtemps émigrée en Moab, aujourd'hui
La transfuge revient au vallon qu'elle a fui ;
Mais, ayant tout perdu, veuve, vieille et sans charme,
Sans bien et sans espoir, l'orgueilleuse désarme.
Il se peut qu'elle vienne ici, par ce chemin,
Implorer la pitié, gémir, tendre la main ;

Booz lui donnera, de son or, à main pleine ;
Rien de plus ; cette femme a cessé d'être reine.

GABRIEL

Oui, je le vois. Tu sais qu'elle arrive. Sais-tu
Qui lui tient compagnie ? Un ange de vertu.
Ruth la suit. C'est la bru généreuse et fidèle
Qui, seule, n'a voulu ni se séparer d'elle,
Ni qu'elle eût froid ou faim et restât sans appui.
Du fils de Noémi, Ruth est veuve aujourd'hui ;
Mais une âme si haute ignore l'inconstance,
Te dis-je ; et tu verras que sa douce présence
Jette sur tout un charme étrange et si profond
Que chacun veut porter ses pas où les siens vont.
Jamais plus belle fleur n'a lui sur ces collines,
Ni mêlé plus d'éclat aux sources cristallines
Qui baignent ces iris aux roses mariés...

ITHAMAR, *l'interrompant en ricanant.*

Bref, le plus fin de tous vos minois roturiers....

BETHPHOGOR, *de même.*

Soit. Mais cet or brillant n'est pas sans alliage.

GABRIEL

Ruth, plus parfaite encor d'âme que de visage
Seule obtiendra du Ciel la suprême faveur...

BETHPHOGOR, *de même,*

De s'appeler demain la mère du Sauveur ?

GABRIEL

Mère de Dieu, non pas, mais sa vive figure,
L'ancêtre la plus noble, en qui, mère très pure,
La Vierge puisera le meilleur de son sang,
Lorsque d'Elle naîtra le Fils du Tout-Puissant.

BETHPHOGOR

Ruth est une étrangère, il me semble !

ITHAMAR

On oublie
Que le sang de Juda peut se tourner en lie !

BETHPHOGOR

Vous le mêlez au sang païen ?

ITHAMAR

Car enfin Ruth
Est Moabite !

BETHPHOGOR

Une païenne, s'il en fut !

GABRIEL

Dieu par là veut montrer aux peuples de la terre
Qu'il ne réserve pas sa grâce tutélaire
Aux seuls fils d'Abraham, mais que, Juifs et païens
Tous pourront aspirer à ses célestes biens.

BETHPHOGOR

C'est inouï !

ITHAMAR

C'est insensé !

BETHPHOGOR

Non, une élite
Seule a droit au salut !

ITHAMAR

Le peuple israélite !

GABRIEL

Tous les échos du Ciel, durant l'éternité,
Diront : « Honte à l'orgueil ! Gloire à l'humilité ! »

BETHPHOGOR

Le beau plan rédempteur ! Bâtissez sur l'argile ;
D'un souffle j'abattrai l'édifice fragile...
La Discorde, à ma voix, nuit et jour va semant
L'ivraie à pleines mains par ces champs de froment ;
Et tous deux dans les cœurs soufflant la zizanie,
Nous empêcherons bien cette union bénie,
Ce mariage saint tant rêvé par le Ciel,
Triomphe de Moab et honte d'Israël !
Hors d'ici !

ITHAMAR

Laisse-nous, archange trouble-fête !

BETHPHOGOR

C'est Booz qui l'ordonne et je te le répète,
Va-t'en ! Je suis ici, serviteur préposé
A ces champs qui ne t'ont jamais intéressé,

Toi, nébuleux Esprit, toi, rêveur chimérique !
Va-t'en !

GABRIEL

C'est un congé par trop catégorique.
Je reste. Tes serments sont faux, mais non les miens :
Je jure que Booz, son bonheur et ses biens
Me sont chers, et c'est à vaincre tes maléfices
Que je veux, sous son toit, signaler mes services.
Tiens, vois : pour un moment l'Archange Gabriel,
Déposant sa couronne et le manteau du Ciel,
Sans contrefaire, ainsi que vous, les domestiques,
Se revêt noblement de ces voiles rustiques,
Va prendre la houlette ou manier la faulx,
Et suivre jour et nuit vos pas et vos complots,
Pour qu'enfin de votre œuvre à jamais entravée
Triomphe par Booz l'humanité sauvée !

BETHPHOGOR, *à part, à Ithamar, pendant que Gabriel, déposant couronne et manteau, revêt un costume d'une coupe et d'une couleur qui le distingueront des autres moissonneurs.*

Malgré tous ses grands mots et ses airs fanfarons,
Ne crains rien. Hardiment au combat ! Nous vaincrons !

ITHAMAR, *de même.*

Hâtons-nous, car déjà la moisson est fauchée.
Ils viennent.

BETHPHOGOR

Dans leurs rangs travaille, mais cachée.

ITHAMAR

Séparons-nous. Ensemble, on nous soupçonnerait.

BETHPHOGOR

Ecoute-les chanter !.....

ITHAMAR

Les voilà.....

BETHPHOGOR

Je suis prêt.

Tous les deux, parlant ensemble.

Aide-moi, soutiens-moi !

ITHAMAR

Souffle-moi ta colère !

BETHPHOGOR

Et Booz est à nous !

ITHAMAR

Et Ruth rentre sous terre !

GABRIEL, *à part.*

J'entends de nos amis le vif et gai concert.
Je me joins aux chanteurs.

A Bethphogor et à Ithamar, qui se glissent parmi les arrivants.

Le combat est ouvert !

Entre, chantant et dansant, une troupe de moissonneurs.

SCÈNE III

LES MÊMES, *dissimulés parmi les chanteurs*, SAMUEL, ZELFO, ZELFA, SIMÉON, *d'autres moissonneurs et moissonneuses*.

LE CHOEUR DES MOISSONNEURS

Noël Lorrain.

I

Eclatez, chansons joyeuses !
Murmurez, ruisseaux discrets !
Moissonneurs et moissonneuses,
Quand midi brûle, abandonnent les guérets,
Et vont goûter l'ombre et le frais.

GABRIEL, *interpellant Ithamar, qui sème à la dérobée.*

Au feu, le mauvais grain ! Jetez votre semence
Ailleurs ! au feu !

ITHAMAR, *s'esquivant.*

C'est bien la lutte qui commence !

LE CHŒUR

II

Que Booz est un bon maitre !
Il suspend nos durs travaux.
Plus d'un défaillait peut-être,
Sa chère voix interrompt le bruit des faulx,
Et nous invite au doux repos.

SAMUEL, *après une courte inspection.*

Travail expédié vite et bien, chose rare.

ZELFA, *à part.*

Et de ses compliments Dieu sait s'il est avare !

SAMUEL

Bonne journée, amis ! Plus le soleil brûlait,
Plus j'ai vu que d'entrain chaque faulx redoublait.
La pièce d'orge, enfin, la voilà moissonnée ;
Booz sera content, amis, bonne journée !
Mais le soleil est haut encore ; et sous l'azur
Reluit le val voisin, tant le froment est mûr.
Vite, ajoutez, — un bon faucheur a longue haleine, —
La moisson d'or du val aux gerbes de la plaine.

SIMÉON

Donc, jamais de repos, vieillard ? Un connaisseur
En hommes, celui-là, qui t'a fait régisseur.
Peste, tu le sers bien ! Car le travail à peine
S'achève ici, tu veux, plus loin, qu'il se reprenne.
Laisse-nous respirer un moment...

ZELFA

Et chanter
Un couplet de chanson qui va nous remonter.

SIMÉON

Avons-nous eu besoin que tu nous aiguillonnes ?

ZELFA

Et n'es-tu pas content, cette fois ? Tu rayonnes !

SAMUEL

Eh ! Oui, j'y consens bien. Chantez, restaurez-vous.
Dormez : l'ombre est légère et ce gazon est doux.
Pour avoir dit qu'une autre tâche nous invite,
Je n'ai point prétendu vous y mener si vite.
Il est un temps pour tout. Sans honte et sans remords,
Goûtez l'ombre et le frais jusqu'au dîner.

ZELFA, *riant bruyamment.*

Alors
Nous avons du repos pour toute la journée.

SAMUEL

Pourquoi, Zelfa ?

ZELFA, *de même.*

Qui doit nous porter la dînée ?

SAMUEL

N'en ai-je pas chargé...

ZELFA

Qui ?

SAMUEL

Zelfo.

ZELFA

Mon mari !
A l'attendre de même on eût cent fois péri,
Chez nous, tant le pauvre homme a pour accoutumance
De n'en jamais finir avec ce qu'il commence.

SIMÉON

Zelfa, Zelfa, combien l'humeur t'aveugle : vois
Là-bas.....

SAMUEL

Zelfo qui vient — à l'heure, cette fois —
Panier au bras et la marmite sur sa tête !

LES MOISSONNEURS

Qu'il soit le bienvenu ! — Chacun lui fasse fête !
A nos rôtis en marche adressons nos saluts !

ZELFA

Et pour accompagner ma voix, prenez vos luths,
J'entonne.

SAMUEL, *pendant que l'orchestre prélude.*

Après l'effort, Dieu de toute tendresse,
Daigne leur accorder un moment d'allégresse,

Chanson Bretonne.

I

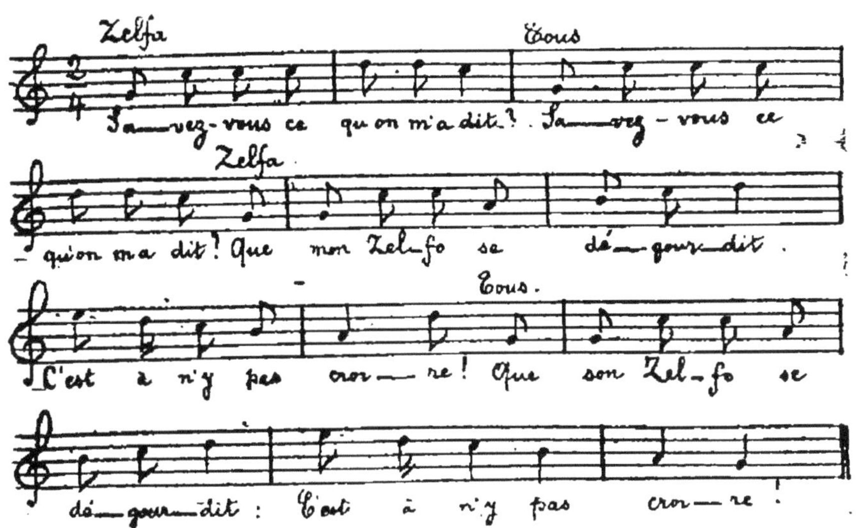

ZELFA, *chantant.*

Savez-vous ce qu'on m'a dit ?

TOUS

Savez-vous ce qu'on a dit ?

ZELFA

Que mon Zelfo se dégourdit ;
C'est à n'y pas croire.

TOUS

Que son Zelfo se dégourdit :
C'est à n'y pas croire !

II

ZELFA

Est-ce lui ? N'est-ce pas lui ?

TOUS

Est-ce lui ? N'est-ce pas lui ?

ZELFA

Ou quelle mouche le poursuit ?
Ah ! la bonne histoire !

TOUS

Oui, quelle mouche le poursuit ?
Ah ! la bonne histoire !

III

ZELFA

Chut ! Car il me ferait voir,

TOUS

Chut ! car il nous ferait voir.

ZELFA

De mes deux yeux au beurre noir
Trente-six... étoiles !

TOUS

De nos deux yeux au beurre noir
Trente-six... étoiles !

IV

ZELFA

Des étoiles en plein jour

TOUS

Des étoiles en plein jour.

ZELFA

Et mon Zelfo pressé qui court !
C'est à n'y pas croire !

TOUS

Et son Zelfo pressé qui court,
C'est à n'y pas croire !

Tout en chantant ce dernier couplet, ils entourent de leur danse Zelfo, qui entre « panier au bras et marmite sur la tête ».

TOUS, *rompant la danse et l'acclamant.*

Sois-tu le bienvenu !

ZELFO

Vous, les bien retrouvés !

Il pose doucement le panier à terre et descend avec précaution la marmite.

Ah ! qu'ils me vont au cœur, vos gracieux *avés !*
En cercle maintenant. Asseyez-vous par terre.
Frère distributeur ainsi qu'au monastère,
Je vais donner des parts à tous également.
De l'ordre, s'il vous plaît ! et du recueillement !
Toute gloutonnerie est ici défendue.
Présentez-vous à moi, l'assiette bien tendue.

TOUS

Vive le vivandier ! Bravo, l'ami, bravo !

ZELFO, *distribuant.*

Voici ta part. — Voilà pour toi.

PLUSIEURS *et* ZELFA, *l'appelant.*

Zelfo ! Zelfo !

ZELFO

Paix ! A chacun son tour !

A Zelfa.

Tiens, voici ma réponse.

ZELFA

Quoi ! Rien que du bouillon ?... De viande pas une once !

UN MOISSONNEUR

Et c'est tout ?

UN AUTRE

Avec ça ?

ZELFO, *avec volubilité.*

Mon potage est gratuit,
Et si clair, si coulant... Tout à boire aujourd'hui,
Rien à mâcher. C'est plus tôt fait.

SAMUEL, *intervenant.*

Non, je t'en prie,
Assez, Zelfo, finis cette plaisanterie,
Tu vas trop loin.

SIMÉON, à *Zelfo.*

Mets-nous viande ou pain sous la dent.

ZELFO

Ami, je n'en ai point.

SAMUEL

Vrai ?

ZELFO

Seigneur Intendant,
Voici. Vous saurez donc, chers amis de mon âme...
D'abord, je ne mens point ; j'en atteste ma femme !
Advienne que pourra ; je dis ce que je sais.
Donc, pour en revenir à ce que je disais,
Votre ami, bien chargé, descendait la colline.
J'étais rendu, lorsqu'une ronce, — la coquine ! —
Me saisit par le pied ; je trébuche, et, panier,
Marmite et marmiton, cantine et cantinier,
Nous culbutons !... Ciel ! rien de cassé ! Mais tout nage
A terre. Je m'empresse, et sauve le potage !

SIMÉON, *goguenard.*

Zelfo, sauver la viande eût été plus aisé !

ZELFO

Dans la terre, en tombant, toute elle avait passé.
La terre l'avait bue avidement, si vite
Qu'il ne m'en est resté...

SIMÉON, *de même.*

Que l'eau de la marmite.

UN MOISSONNEUR, *de même.*

Bonne excuse !

SIMÉON

Eh, l'ami, c'est déjà trop parler.
Passe l'outre de vin qui va nous consoler.
Car celle-là, du moins, j'espère qu'elle est pleine.

ZELFO, *à part, tirant l'outre du panier.*

La remplir fut aisé, si près de la fontaine !

LE MOISSONNEUR, *à Siméon.*

Bois et passe.

SIMÉON

Passer quoi ? C'est encor de l'eau,
Ceci.

ZELFO

Quel est le vin qui n'en soit pas ?

SIMÉON, *se levant.*

Il faut
Qu'il le paie à l'instant !

LES MOISSONNEURS, *se levant tous.*

C'est trop pour qu'on l'endure !
Ça ! bernons le railleur.

SIMÉON

Vite, une couverture !

UN MOISSONNEUR

Je vole en chercher une...

ZELFO

Ah ! grâce, par bonté !
Voici la vérité, toute la vérité...

UN MOISSONNEUR

Ah, c'est donc toi, glouton...

SIMÉON

Dis la vérité.

ZELFO

Toute !

On m'a séduit.

SIMÉON

Ha ! ha ! la marmite sans doute ?

ZELFO

La coquine embaumait, — ambre et girofle — au point
Que, pour voir seulement, je levai par un coin
La toile qui couvrait le pot au feu, quand, preste !
Le couvercle roula sans que je fisse un geste.
Ce que voyant, je dégageai tous les abords ;
Et, comme j'hésitais, pris d'un certain remords,
J'entendis une voix, insinuante, certe !
Qui disait : « Mange-moi, mange-moi, bouche ouverte ! »
Je pris donc un morceau. « Quant à ce lopin-ci,
Fis-je, un rien ; qui saura qu'il disparaît ainsi ?
Cet autre est si menu qu'on n'en peut tenir compte.
Oh ! bien gras, celui-là, bon pour la faim qu'il dompte. »
Et tour à tour à ces morceaux, petits et gros,
Comme à des prisonniers ouvrant tous les barreaux,
Je fis de la marmite une prison déserte.

TOUS, *le menaçant.*

Ah ! maraud ! Ah ! coquin !

Rentre le moissonneur avec la couverture.

SIMÉON, *de même.*

Mais voici la couverte !

ITHAMAR, *de même.*

Il va nous le payer !

SIMÉON

Saisissons le railleur,
Et lançons-le bien haut ! Qu'il vole, le voleur !

ZELFO

Grâce !

ITHAMAR

Non !

ZELFO

A vos pieds, amis, je me prosterne ;
Et ma bonne Zelfa ne veut point qu'on me berne !
A mon secours, Zelfa !

ZELFA, *qu'Ithamar excite.*

Te défendre ? Ah ! plutôt,
Lancez-le, compagnons, oui, lancez-le si haut
Que les oiseaux du ciel dévorent l'hypocrite !

ITHAMAR

Et lui fassent comme il a fait à la marmite !

SAMUEL, *intervenant.*

Laissez donc ce pauvre homme, excusable, après tout :
Il est si simple ! Allons, je connais votre goût,
Et l'on va sur-le-champ vous servir à la ronde.

ZELFO, *reconnaissant.*

Ce sera l'action la plus belle du monde !
Ah ! je salue en vous le sauveur de Zelfo !

BETHPHOGOR, *survenant, à part, à la Discorde, pendant que les moissonneurs se retirent.*

Discorde, ton ivraie est changée en pavot !
Tu dors ! Tout marchait bien. Vive la gourmandise !
Mon homme était séduit. Tu gâtes l'entreprise !
C'était à moi de faire engloutir le dîner.
Toi, ne devais-tu pas tant les passionner
Que rien ne pût calmer le feu de leur querelle ?
L'affaire avait ainsi sa suite naturelle :
Quelque bon coup mortel, un meurtre bien complet...

ITHAMAR

Tu n'as pas su t'y prendre. Est-ce à moi qu'il fallait
Confier le succès de ta chère vengeance,
Si tu me crois stupide et sans intelligence ?

Apercevant l'Archange.

Taisons-nous.

GABRIEL, *aux moissonneurs qui sortent.*

Moissonneurs, dites-moi, braves gens,
Où pourrais-je trouver le maître de ces champs ?

SAMUEL

Que veux-tu ? D'où viens-tu ?

GABRIEL

De très loin. J'ai pour maître
Le meilleur des pasteurs. Pourrais-tu me promettre

Du travail ? Je saurai bientôt l'heure et le lieu
D'une autre tâche à terminer au nom de Dieu.

SAMUEL

Mon maître donne à tous, dans ses champs et sur l'aire,
Du travail, un asile, et le juste salaire.

On voit au loin quelques moissonneurs fauchant le blé.

Nous coupons le froment ; et, bien qu'arrivé tard,
Vous aurez paie entière....

ZELFA

Et la meilleure part
A table. Bienvenue au beau moissonneur !

ZELFO, *jaloux.*

Femme,
Ta sotte effronterie à la fin nous diffame.
Donne-t-on le bonjour à tout venant ainsi ?

ZELFA

Il a l'air si courtois..... Ne puis-je l'être aussi ?

ZELFO

Quel besoin en as-tu ? Tais-toi !

SIMÉON, *regardant au dehors.*

Qui s'achemine... ?

A Samuel.

Deux étrangères, vois, descendent la colline.

ZELFA

C'est quelque vieille femme.

ZELFO

On croit la voir trembler.

SAMUEL

Elle semble bien lasse et prête à chanceler.

ZELFO

Mais l'autre, jeune et svelte, avec amour la porte,
Dirait-on, et de son aide la réconforte.

BETHPHOGOR *et* ITHAMAR, *pour les éloigner*.

Au travail ! au travail ! Tarder serait un vol !

ITHAMAR, *de même*.

Le blé trop mûr s'égrène et pourrit sur le sol.

BETHPHOGOR, *de même*.

La sieste va finir et pour deux mendiantes
N'allons pas exposer des moissons si brillantes.

SAMUEL

Travaille qui voudra. Mais je dois faire accueil, —
C'est l'ordre de Booz, — à qui franchit son seuil.

Bethphogor et Ithamar sortent, entraînant quelques hommes au travail. Ils fauchent.

SAMUEL

Soyons discrets, amis.

ZELFO

Quel souci les tourmente ?

Elles s'arrêtent...

ZELFA

Non.

ZELFO

O vision charmante !

Ruth et Noémi entrent lentement en scène.

SCÈNE IV

LES MÊMES, — RUTH ET NOÉMI

RUTH

Ma mère bien-aimée, encore quelques pas.
Du courage !

NOÉMI, *défaillante d'émotion et de fatigue.*

Oh ! mon cœur !...

RUTH

Tu ne te trompes pas :
Bethléem est tout près, et le repos à l'ombre...
Courage ! Il est passé, ton exil triste et sombre.

NOÉMI

Ma chère fille, hélas ! comment reprendre cœur
Sous ce cruel fardeau de l'âge et du malheur ?

RUTH

Va, je te soutiendrai. Je suis forte, te dis-je.
As-tu donc oublié que le Ciel nous dirige,
Que nous allons vers les blés mûrs de braves gens,
Tendres aux malheureux, humains aux indigents ?

Montrant la plaine.

Quels blés !... Tu vas revoir Bethléem, ta patrie !

ZELFA, *bas, à Samuel.*

Maître, a-t-on jamais vu vieillesse plus flétrie ?

ZELFO, *de même.*

Près des rides, peut-on voir plus fraîche beauté ?

ZELFA, *haut, à son mari.*

Baisse les yeux, ou tourne-les du bon côté,
Vers la vieille courbée et flétrie... Hélas ! telles
Devons-nous être un jour, mon Zelfo, nous les belles.

NOÉMI

On nous raille, ma fille, écartons-nous.

RUTH

Passons,
Au sentier de la vie, aveugles aux façons
Rudes de la légère et triste humanité.

SAMUEL, *sévère, aux moissonneurs.*

Souffrir de la fatigue et de la pauvreté,
N'est-ce pas déjà trop pour de si faibles femmes ?
Si Booz était là vous fuiriez sous ses blâmes...

Cessez vos quolibets, soyez plus fraternels
Pour leurs fronts accablés et leurs muets appels.

GABRIEL, *s'inclinant vers Ruth entrée en scène.*

Veuve de Mahalon, ô toi l'heureuse Elue
Du Très-Haut, avec moi le Seigneur te salue.
Crois que par sa faveur ton destin va changer :
D'un grand bonheur pour toi je suis le messager.

RUTH, *se serrant contre Noémi.*

O l'étrange salut qui me laisse attendrie,
Comme une voix du ciel couvrant la raillerie
Du monde !.....

SAMUEL

Bonne vieille, humblement incliné,
Je te salue, en ce retour inopiné
Qui remet, devant moi, si ma vue est fidèle,
Tous les traits d'une amie autrefois riche et belle,
Noémi, l'ornement des pays d'alentour,
A qui je n'eusse osé confesser mon amour.

SIMÉON, *survenant.*

Eh ! qui nommes-tu là ? Noémi, la transfuge ?
Voici déjà longtemps, — Gédéon était Juge, —
Que, fuyant la famine, elle nous a quittés,
Et préféré Moab à nos pauvres cités.

ZELFO, *à Siméon.*

N'est-ce point ta parente ?

SIMÉON

Oh ! après cette fuite....

NOÉMI

Je l'ai tant expiée ! En pays moabite,
Oui, je me suis réfugiée, un jour, avec
Mes jeunes fils, et mon époux Elimélech....
Bientôt, mon époux meurt ; puis, Mahalon succombe,
Précédant de bien peu son frère dans la tombe....

SAMUEL

Vos fils ont-ils laissé des héritiers ?

NOÉMI

Orpha
Et Ruth, les chères brus que Dieu me conserva,
Mais point d'enfants. La mort de leurs époux, la gloire
Rendue à mon pays après une victoire,
Le retour de la paix féconde, et l'Eternel
Redevenu propice au peuple d'Israël,
Tout chantait la patrie à mon âme obsédée.
Je partis. Aux abords du pays de Judée, —
Mes brus m'avaient suivie, — « Enfants, séparons-nous,
Leur dis-je. Si toujours pour mes fils, vos époux,
Vous fûtes le respect, la bonté, l'amour même,
Aujourd'hui je vous rends un hommage suprême
De gratitude. Mais laissez-moi. Retournez
Vers les nouveaux époux qui vous sont destinés.
Vous êtes jeunes, vous. Mes forces sont usées... »
Et pleurant toutes, nous nous tînmes embrassées !

Puis, Orpha repartit vers son peuple et ses dieux.
Ruth cependant restait près de moi. Ses beaux yeux
Tournés résolûment vers nos lointains villages,
Et m'entraînant par le plus ardent des courages,
« Mère, dit-elle, viens ! Qu'à jamais, qu'en tout lieu
« Ton peuple soit mon peuple et ton Dieu soit mon Dieu. »
Et depuis ce moment Ruth m'a partout suivie ;
Ma pensée est la sienne et sa vie est ma vie.

SAMUEL

Sois donc la bienvenue, ô belle Noémi !

NOÉMI

Oui, belle ! Ainsi jadis m'appelait-on, ami.
« Amère » est mon vrai nom, depuis que la justice
Du Très-Haut a rempli de fiel noir mon calice,
Je reviens pauvre ici, moi, riche en m'en allant.

SAMUEL

Dieu te courbe très bas, pauvre roseau tremblant.

ZELFO

Son aspect est navrant.

ZELFA

Sa misère est profonde.

SAMUEL

Je comprends qu'une telle détresse confonde.
Sous ses rides, hélas, qui la reconnaîtrait ?

SIMÉON

Où de tant de beauté retrouver un seul trait ?

ZELFO

Tiens, je pleure en pensant que dans quelques années
Tes grâces, ma Zelfa, seront aussi fanées !

ZELFA

A cela quel besoin avais-tu de penser
A cette heure ?

ZELFO

Je n'ai point voulu t'offenser.

SAMUEL, *à Noémi.*

Booz est ton parent, mais ce Siméon, femme,
L'est d'un degré plus proche encor.

SIMÉON

Qui s'en réclame ?
Neveu d'Elimélech, je le suis, c'est fort bien,
Mais des miens ni de moi, qu'elle n'attende rien...
Que Dieu lui vienne en aide !

Il se retire.

GABRIEL, *à Noémi.*

Oui, Dieu te réconforte !

SAMUEL, *sortant.*

Son bras soit ton rempart !

GABRIEL, *de même.*

Ses anges ton escorte !

ITHAMAR, *survenant, à Noémi.*

Ton malheur est affreux, je le sais, je le sens.

BETHPHOGOR, *de même.*

Mais à tout réparer les bras sont impuissants.

Tous tournent le dos à Noémi et s'en vont.

SCÈNE V

NOÉMI, RUTH

NOÉMI

Je me croyais rendue en terre israélite,
Et j'avais tant besoin d'une aumône, d'un gîte !
Ma fille ! viens, ma fille ! O cruelle pitié !
Voilà donc les secours de leur feinte amitié !
Des vœux, des mots !

RUTH

Ayons foi dans la Providence.

NOÉMI

Oh ! combien je rougis de cette confidence !
Leur avoir révélé mon nom et mon passé !
Laisse-moi donc mourir, cœur qu'ils ont transpercé !

RUTH

Que ne puis-je écarter de toi la coupe amère !
Quand ils mépriseraient ta chère âme, ô ma mère !
Tu sais dans mes respects quelle place tu tiens.
Quand te délaisseraient les plus proches des tiens,
N'as-tu pas un refuge en mon amour fidèle ?

NOÉMI

Il s'ouvre à mon malheur comme une citadelle.
Ah ! Ruth, je rends justice à ton cœur tendre et fort,
Mais c'est trop disputer ma vieillesse à la mort.

RUTH

Ecoute : va m'attendre un peu. D'un pas tranquille,
Regagne doucement la porte de la ville.
Moi, par les champs que l'on finit de moissonner,
Sur les chaumes déserts je m'en irai glaner.
Les épis oubliés dans les sillons, Moïse
Commande, m'as-tu dit, qu'ils soient la part acquise
Du pauvre...

NOÉMI

C'est la loi.

RUTH

J'aurai donc le bonheur
De pouvoir m'enrichir après le moissonneur.

NOÉMI, *s'en allant tristement.*

Je t'attends à la porte. Adieu.

A part.

Dans ma détresse,
Ma consolation unique est sa tendresse.

RUTH, *seule, glanant.*

O bons épis tombés des gerbes et des chars !...
C'est pour ma pauvreté comme un trésor épars ;
Ramassons-les pieusement, miettes sacrées
Que le Ciel laisse choir de ses tables dorées.

Bethphogor se dresse devant elle.

SCÈNE VI

RUTH, BETHPHOGOR

BETHPHOGOR, *essayant de lui arracher ses épis.*

Lâche ces épis, femme ! Ah ! tu ne savais pas
Voleuse ! que j'étais, l'œil ouvert, sur tes pas !
Lâche donc ces épis ! Eh bien, rejette vite
Tout ce froment où tu l'as volé, Moabite !

RUTH

Pourquoi m'empêches-tu de prendre, — c'est mon droit —
Les épis que Dieu même a fait tomber pour moi ?

BETHPHOGOR

Tout le blé de ce champ appartient à mon maître.

RUTH

Je glane.

BETHPHOGOR

C'est voler. Quant à te le permettre,
Jamais !

RUTH

Mon droit est sûr !

BETHPHOGOR

Non !

RUTH

Si !

BETHPHOGOR

Non !

RUTH

Bonnes gens,

A l'aide !

Des moissonneurs accourent.

SCÈNE VII

LES MÊMES, ZELFO, ZELFA, *des* MOISSONNEURS, *puis* BOOZ *et* SAMUEL

ZELFO

Que lui veut ce drôle aux yeux méchants ?

BETHPHOGOR

Voleuse !

ZELFO, *s'interposant à Ruth.*

Il n'a jamais trouvé qui lui réponde.

Me voici. Calme-toi, belle.

ZELFA, *jalouse.*

Une vagabonde....
Et la défendre ainsi ! Viens, laisse-la.

BETHPHOGOR, *à part, à Zelfa.*

Bravo !

A Ruth.

Hors d'ici, toi ! Chassons l'étrangère !

ZELFA

Zelfo,
Pourquoi cette pitié ?

ITHAMAR, *à Ruth.*

Va-t'en, bouche inutile !

A Betphogor, à part.

Tiens bon !

BETHPHOGOR, *à Ruth.*

Lâche ce blé !

ZELFO, *à Ruth.*

Je suis là, sois tranquille.

A Bethphogor.

Glaner est son droit.

RUTH

Oui.

BETHPHOGOR

Non.

ZELFO

Si !

Entrent Booz et Samuel

BOOZ

Quelles clameurs !
Une querelle ?

BETHPHOGOR

Maître, un de tes serviteurs,
Nouveau venu, mais dont le zèle est sans limites,
Ecartait de ton bien ces fourmis moabites
Qui, glanant et pillant, viennent sans foi ni loi,...

BOOZ, *l'interrompant.*

Ce blé glané ? Qui donc t'a dit qu'il est à moi ?
Ici, depuis Moïse, entre toutes sacrée,
Une loi nous régit, de toi bien ignorée....

Il arrête Bethphogor qui veut parler.

Pourquoi l'empêches-tu de prendre ici son bien ?
L'épi qui tombe à terre au seul pauvre appartient.
Elle me volerait, prenant mon blé sur l'aire ;
Ainsi ferais-je tort moi-même à sa misère,
Si je glanais pour moi dans mes champs moissonnés.
Eh ! ne savais-tu pas qu'aux plus infortunés
Il revient une part de juste subsistance
Dans les champs de l'auguste et bonne Providence ?
Du grain qu'elle a glané ma récolte s'accroît.
Tout le blé que le riche enferme sous son toit,
Est bien moins son trésor que ce qu'au pauvre il laisse.

Oui, ce que nous donnons est bien notre richesse,
Le vrai bon placement, les divines valeurs
Qui bravent en lieu sûr la rouille et les voleurs.

A Samuel.

Ami, je n'admets pas de toi cette lésine,
Que tu fauches mon blé jusques à la racine.
Comment veux-tu que ce chaume, coupé si court,
Puisse rendre service aux pauvres d'alentour ?
Vraiment, trouveraient-ils en si maigre matière
La paille d'un grabat, voire, d'une litière ?
Et n'est-ce pas assez qu'ils dorment mal ? Tu veux
Qu'ils ne dorment donc pas du tout !

ITHAMAR, *se glissant entre eux.*

Tels sont ses vœux....

BOOZ, *l'écartant.*

Assez !... Dieu n'est-il pas Maître et Seigneur suprême ?
Honorons Dieu d'abord, puis son autre lui-même,
Le pauvre.

BETHPHOGOR, *à part, à Ithamar.*

Je ne puis que blêmir et grincer !

LA DISCORDE, *de même, à Bethphogor.*

Ces paroles, maudit qui peut les prononcer !

BETHPHOGOR, *de même.*

C'est absurde, inouï, les phrases qu'il profère !

ITHAMAR, *de même.*

Viens me dire à l'écart ce qui nous reste à faire

Ils sortent, suivis de Zelfa, de Zelfo et des autres moissonneurs.

SCÈNE VIII

BOOZ *et* RUTH, *puis* GABRIEL

BOOZ, *à Ruth, qui va pour se retirer.*

Belle étrangère, — oh ! ne fuis pas, — qui donc es-tu ?
Ta pudeur qui se tait fait briller ta vertu.
Va, de ta pauvreté respectant le mystère,
Je cède à ton silence ému. Tu peux te taire.

GABRIEL, *survenant.*

Maître, tu sauras tout. La femme que voici,
Jeune veuve étrangère, en son tendre souci
Pour une mère pauvre et par l'âge flétrie,
Après un long chemin la rend à sa patrie.
La mère craint la honte et n'ose se nommer.
Sa bru glane pour elle, et qui peut la blâmer ?
Crois que sa destinée en Bethléem est grande,
Et qu'elle donnera plus qu'elle ne demande.

Il disparaît.

BOOZ, *à part.*

Ce prophète à mon âme ouvre un immense espoir.
Oui, le pauvre qui glane et semble recevoir,

Par sa présence auguste attire sur nos têtes
La bénédiction des Saints et des Prophètes.

A Ruth.

Belle étrangère, écoute. Ah ! ne choisis jamais
D'autres champs que les miens où te livrer en paix
A ton travail de douce et vaillante glaneuse,
Pour qu'à mon tour j'obtienne une part, — précieuse —
Des bénédictions qui couvrent ton chemin.

RUTH, *comme en un ravissement, à part.*

Parfois même le Ciel parle un langage humain !

Haut.

D'où me vient ce bonheur dont frémit tout mon être,
Que je trouve ainsi grâce à tes yeux, noble maître ?

BOOZ

Ah ! pourquoi t'étonner que ta douceur m'ait plu ?
Le ciel même avant moi t'adressa son salut,
Et t'emplit tellement de charme et d'innocence,
Que du Seigneur en toi transparaît la présence.

RUTH, *s'agenouillant.*

Ta servante, à genoux, implore ta bonté :
Qu'il me soit fait en tout selon ta volonté.

BOOZ, *la relevant.*

Lève-toi, lève-toi !

Aux moissonneurs qui accourent.

Serviteurs et servantes,
Souvenez-vous de mes prescriptions pressantes :

Quand viendra cette femme, ainsi que maintenant,
Prendre sa juste part de récolte en glanant,
Faites-lui bon accueil et jamais nulle peine !
Si vous êtes à table, invitez-la ; l'aubaine
Lui fera voir qu'elle est aussi de la maison.

ZELFO, *joyeusement.*

A manger comme à boire, et plus que de raison,
S'il le faut, elle aura du meilleur : je l'invite,
Si c'est encore moi qui porte la marmite !

BOOZ, *à Samuel, à part.*

Ecoute : à chaque fois qu'elle viendra glaner,
Devant elle, et chargé d'épis, fais cheminer
Un moissonneur discret, qui, dénouant les gerbes,
Lui préparera tout pour des glanes superbes.
Je veux qu'ayant ici la meilleure moisson,
Tel soit son privilège en toute ma maison,
Qu'à sa main les plus beaux épis s'offrent d'eux-mêmes.

Après la sortie de Samuel et des moissonneurs, Booz se retire, saluant Ruth du regard.

Paix à tous ! Je vais voir quels grains, là-bas, l'on sème.

RUTH

Merci d'un tel accueil, Maître !

BOOZ, *comme à part.*

Quelle beauté
Royale et si modeste !

RUTH, *de même.*

Exquise aménité !
Et quel respect profond inspire sa présence !

BOOZ, *de même.*

L'âme à la contempler se fond de complaisance !

RUTH, *de même.*

Plus mon respect grandit, plus il devient amour.

BOOZ

Que son air...

RUTH

Que sa voix...

BOOZ

Enchante !

RUTH

Tour à tour
Subjugue et ravit !

BOOZ

Charme ineffable !

RUTH

Clémence
Imméritée !

BOOZ

O grâce !

RUTH

O paix !

BOOZ

Quelle innocence !

RUTH

L'âme vole après lui !

BOOZ

Quels célestes attraits !

Haut.

La paix soit avec toi !

RUTH, *de même.*

Maître, demeure en paix !

Ils sortent par deux côtés opposés.

RIDEAU.

ACTE DEUXIÈME

Même décor.

SCÈNE I

LES MOISSONNEURS, SAMUEL,
GABRIEL, BETHPHOGOR

ZELFO, *aux moissonneurs.*

Booz va revenir et notre tâche est faite.
Au père de famille offrons-nous une fête ?

ZELFA

Une danse ? Bravo ! Moi, je veux pour danseur

Désignant Gabriel qui passe au loin.

Ce nouveau compagnon, un ange de douceur,
Ou mieux, ce beau luron, plus fringant et plus leste.

Elle a désigné Bethphogor.

ZELFO, *menaçant.*

Zelfa !

ZELFA

Peut-on pas être et polie et modeste ?

ZELFO, *comme à part.*

Elle a le diable au corps !

Haut.

Je t'ai déjà dit non.
Ma réponse à la fin, la voici, le bâton !

ZELFA

Aïe ! Il veut me tuer ! Au secours ! Il m'assomme !

LES MOISSONNEURS, *retenant Zelfo.*

Arrête ! Laisse-la ! Zelfo ! toi, si brave homme !

ZELFO

Amis, permettez-moi de lui donner son dû !
Mon bras ne peut ainsi demeurer suspendu
Toute l'éternité !...

Il se dégage et court à Zelfa, qui sort.

TOUS, *poursuivant Zelfo.*

Fuis, Zelfa, fuis !

SAMUEL, *sortant pour retenir Zelfo.*

Arrête,
Zelfo ! Qu'un mauvais coup ne gâte pas la fête !

Bethphogor reste seul en scène.

SCÈNE II

BETHPHOGOR *seul, puis* ITHAMAR

BETHPHOGOR, *suivant du regard et excitant Zelfo.*

Hop ! Sus ! Sus ! Tout va bien ! Ah ! je leur souffle au cœur
De tels emportements que je serai vainqueur !

ITHAMAR, *à la cantonade.*

Hé, Bethphogor ?

BETHPHOGOR, *à* ITHAMAR *qui entre en hâte.*

Discorde ?... Il m'est fort doux, amie,
Que tu ne te sois pas sur ta gloire endormie.
Eh bien, quoi de nouveau ?

ITHAMAR

Mise en quatre pour toi...
J'ai fait de ton ivraie un abondant emploi,
Dans tous les jeunes blés, au désespoir du maître.
Elle n'a pas tardé, la semence, à paraître
Au milieu des épis du froment le plus beau,
Si bien que la récolte est d'avance un fiasco.
Ecoute encore. Ici dans ce coin de la plaine,
Choisi par nos rustauds pour leur danse prochaine,
J'ai caché dans des plis du terrain, d'affreux trous,
Des trappes, des filets, et des pièges à loups,
Où, s'entraînant ensemble à d'infaillibles chutes,
Ils feront, sous nos yeux, les plus laides culbutes !
Hein ! quel joyeux spectacle, ami, que de la voir,
Prise dans nos filets, rouler au gouffre noir,
Elle surtout, si fière en sa grâce hypocrite,
D'avoir été céans traitée en favorite !
Ils peuvent s'enivrer de chansons et de fleurs,
Leur fête finira dans la honte et les pleurs.

BETHPHOGOR

Tu viens d'ordonner tout de façon admirable...
Les bras chargés d'épis, qu'elle aille, secourable,
Epancher sa récolte au sein de Noémi !
Comme j'ai su flétrir les vols de la fourmi,
Je saurai mieux encor renverser dans la fange
Le rêve impur, l'espoir insensé du faux ange ;
Et Booz... O salut, ô bénédiction,

Qui vont être demain deuil et déception !
Allons, l'amie, à l'œuvre ! Un empire en ce monde,
C'est par la force ou par la ruse qu'il se fonde.

Ils sortent, sans voir Ruth et Noémi qui entrent.

SCÈNE III

NOÉMI, RUTH

NOÉMI, *entrant appuyée sur Ruth.*

Oui, le Très-Haut te guide et m'a bénie en toi.
Car tu n'as tant trouvé d'épis que sous son doigt
Lumineux, ô ma fille ; et, ta glane égrenée,
Nous avons du froment pour bien près d'une année.
Pourquoi m'inquiétais-je en t'attendant, là-bas,
Quand se multipliaient les épis sous tes pas ?
Mais ta riche moisson, comment s'explique-t-elle ?

RUTH

Ah ! le maître du champ fut d'une bonté telle
Que lui-même, un faucheur prétendant m'éloigner,
Défendit ma personne et mon droit de glaner.

NOÉMI

Et ce maître si bon pour toi, ma fille...

RUTH

On l'appelle
Booz.

NOÉMI, *subitement radieuse.*

Booz !

RUTH

Quelle est cette heureuse nouvelle ?

NOÉMI

Ma fille, le Très-Haut se déclare pour nous.
Booz est un parent de mon défunt époux.
Qu'il le sache au plus tôt. De lui fais-nous connaître :
A notre égard il a droits et devoirs, peut-être,
Si plus proche parent n'intervient pas. Sois donc
Circonspecte au milieu du plus doux abandon !
Prie et demeure ici. Je retourne à la ville
Tout prévoir pour la nuit et chercher un asile....

Revenant sur ses pas.

Ruth ?

RUTH

Ma mère ?

NOÉMI

Tu m'es plus chère que le jour...
Demeure humble et prudente, au nom de mon amour.
Bien que devant Booz nous ayons trouvé grâce,
Prions ! Dieu seul peut nous aider dans cette passe.

Des chants éclatent au dehors.

RUTH, *prêtant l'oreille*

Des chants de fête... Ecoute, ô mère, quels accents
La bonté fait jaillir des cœurs reconnaissants !

NOÉMI, *se retirant.*

Ils viennent....

RUTH, *les yeux à la joie d'un beau spectacle.*

Leur amour emprisonne le maître
Dans les cercles fleuris d'une danse champêtre.

NOÉMI, *de même.*

Les voici....

RUTH

Tout est joie où Booz apparaît.

NOÉMI

Cette gaîté, ma tristesse l'assombrirait :
Je pars, ô mon enfant ; mais près de toi Dieu reste :
Il t'environnera d'une garde céleste.

Ruth sort un instant avec Noémi ; les moissonneurs entrent courronnés de fleurs, chantant et dansant.

SCÈNE IV

SAMUEL, BOOZ, BETHPHOGOR, ZELFO *et* ZELFA

CHŒUR DES MOISSONNEURS

Old English tune.

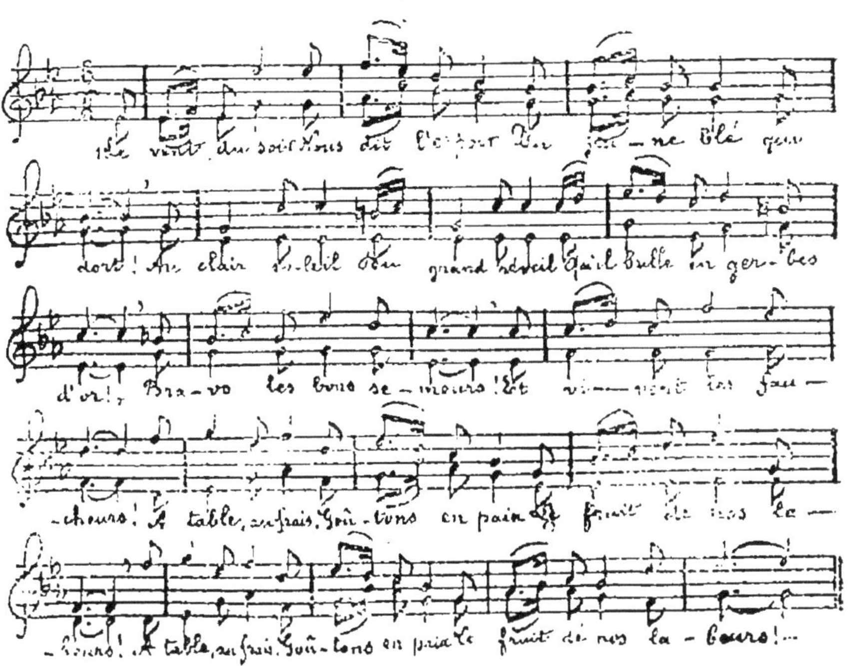

I

Le vent du soir
Nous dit l'espoir
Du jeune blé qui dort.
Au clair soleil
Du grand réveil,
Qu'il brille en gerbes d'or !
Bravo, les bons semeurs !
Et vivent les faucheurs !
A table, au frais,
Goûtons en paix
Le fruit de nos labeurs.

II

Sois acclamé,
O Maître aimé,
Dont luit sur nous l'amour !
Au ciel lançons
Vivats, chansons
Qui fêtent son retour !
S'il part, le jour s'éteint.
Tout brille, s'il revient.
Du val, des monts,
Nous acclamons
Booz que nous aimons !

SAMUEL, *hors de la danse, près de Booz.*

Allons, les beaux danseurs, ne ralentissez pas,
Mais, ouvrez l'œil ; attention aux mauvais pas !

BOOZ, *à Samuel.*

Leur joie entre en mon cœur, douce, pleine et profonde...
Mais, pourquoi rompre ainsi, subitement, la ronde ?

SAMUEL, *aux moissonneurs.*

Qu'est-ce que j'avais dit ? Relevez le balourd,
Ou sur lui nos danseurs vont tous choir à leur tour !
Place !

BOOZ

Qui gémit là ?

SAMUEL, *au danseur tombé.*

Hé, montre-nous ta face !
Quel est ton nom ?

BETHPHOGOR

Aïe ! Aïe !

ZELFO

Oh ! la laide grimace !

SAMUEL

L'homme, ton nom ?

BETHPHOGOR

C'est moi... moi, Bethphogor. Malheur !
Un piège est là, tendu par quelque ensorceleur !...

ZELFO

Gage un tour de bâton contre cent coups de trique
Que tous ces casse-cou sont de votre fabrique !
Dame Ithamar et toi, vous vous entendez fort
A pousser sur l'écueil ceux qui perdent le nord.

SAMUEL

Pris dans son propre piège !

BETHPHOGOR

Il s'agit bien de rire !

ZELFO

Lève-toi donc.

BETHPHOGOR

Que l'on m'aide, alors... Quel martyre !
Oh ! j'ai le pied cassé...

ZELFO, *railleur.*

C'est à vous dégoûter
De la danse.

BETHPHOGOR

Voilà qu'il me faudra boiter.

SAMUEL

Mais tu boîtais déjà joliment, ce me semble,
Quand Ithamar et toi vous cheminiez ensemble.

ZELFO

Eh ! ne serais-tu pas, — tu m'en as bien tout l'air, —
Satan lui-même ? Oui, toi, le nommé Lucifer,
Ce Satan jeté hors du Ciel dans une lutte,
Qui toujours boite en souvenir de sa culbute ?

ZELFA, *riant.*

Eh ! le diable boiteux !

ZELFO, *de même.*

C'est le diable boiteux !

BETHPHOGOR, *à Zelfo.*

Tais-toi, fou ! Tu verras bientôt qui de nous deux
Met l'autre à la raison.

ZELFO

Va, je ne te crains guère.

SAMUEL

Au Ciel déjà tombé, le sot retombe en terre !

BOOZ

Cessez, amis ; épargnez-vous les traits moqueurs.
Ce jeu d'aigres propos a vite aigri les cœurs...
Le jour a disparu de nos cieux diaphanes ;
La nuit vient à grands pas. Regagnez vos cabanes ;
Et dans un bon sommeil, pour nos prochains travaux,
Reprenez votre ardeur et des élans nouveaux...
Cet homme au pied blessé, chez lui qu'on le transporte.
Nul ici qui le soigne ou qui le réconforte ?
Mais sa compagne, où donc est-elle ?

SAMUEL, *pendant que Bethphogor sort en se traînant péniblement.*

Maître, et toi ?
L'on ne repose bien la nuit que sous son toit.

BOOZ

J'aime mieux la tiédeur de ces brises, chargées
Du parfum des moissons nouvellement fauchées....
Ruisselant d'astres, vois comme le ciel est beau !
Ma couche est prête où va s'étendre mon manteau.

Un peu de cette paille amollira la terre.
C'est bien. La nuit est chaude, et ce lieu solitaire.

Il s'étend sur son manteau.

Bon sommeil ! A demain !

SAMUEL, *sortant avec les moissonneurs.*

Dieu garde son repos !

SCÈNE V

BOOZ, *puis* GABRIEL

BOOZ, *seul.*

La nuit mystérieuse allume ses flambeaux
Aux mille étoiles d'or qui, sous la nue immense,
Viennent peupler la solitude et le silence.
La plaine qui s'endort sous cet enchantement
Respire la clarté douce du firmament.
C'est l'heure où vient chantant le chœur sacré des songes.
Jusque dans l'infini les échos se prolongent
Du concert des Esprits angéliques montant
Et descendant sans fin sous le ciel éclatant.
A son heure, à son rang, chaque étoile prend place.
Dans la création de Dieu l'homme s'efface.
Tout devient paix, lumière, allégresse et beauté,
Les songes, dans nos cœurs, auront bientôt chanté,
Et lorsque le sommeil aura clos nos paupières,
Luiront en nous les feux des éternelles sphères.

Il s'endort.

GABRIEL *apparaît en radieux archange, portant un bouclier étincelant.*

Tel est bien du Très-Haut le paternel décret ;
Oui, ce que le jour cache, en songe t'apparaît.
Homme saint, laisse un ange, ému dans sa tendresse,
T'apprendre comment Dieu va remplir la promesse
Qu'il fit au premier homme, un jour, au Paradis,
Lorsque, réconfortant ceux qu'il avait maudits,
Il leur prédit qu'après l'attente et la souffrance,
D'un Sauveur né pour eux viendrait la délivrance.
Vois sur ce bouclier, ainsi qu'en un miroir,
Comme le passé brille en son sublime espoir ;
Vois, au même bonheur par le Ciel destinées,
Les générations l'une à l'autre enchaînées,
Vers le même Sauveur, par le même sentier,
Descendre jusqu'à toi, leur suprême héritier.
Vois quels récits divins ce miroir te retrace,
Puis, les noms glorieux des pères de ta race,
Abraham, Isaac, Jacob, Juda, Salmon,
Dont tu connais la gloire illustre en ta maison ;
Et maintenant, regarde, homme pieux et juste :
La bénédiction de la promesse auguste,
Sur qui les grands Hébreux fixaient leurs yeux ravis,
Repose toute, pour jamais, sur toi, leur fils.

BOOZ, *comme en rêve.*

Ange du Ciel, tu me fais voir de grandes choses !
Mais considère à quel désespoir tu m'exposes :
N'y tomberai-je pas, moi qui demeure ainsi,
Sans enfant, seul ?

GABRIEL

Booz, écarte un tel souci.
Le miroir retourné, vois, sur cette autre face,
Comme il apparaît beau, l'avenir de ta race !
Admire en ces palais ton héritage. Vois
Ton fils, ton petit-fils et la foule des Rois,
Elus par Jéhovah, chantés par les Prophètes !
Enfin, contemple, Reine et splendeur de nos fêtes,
La Mère Immaculée et bénie à jamais
Dans son fruit qu'à ta race aujourd'hui je promets,
Ce Sauveur qui, naissant d'une Vierge féconde,
Va mettre un terme heureux à l'attente du monde.
Figure de la Vierge, ici, vois donc venir
Celle en qui le Très-Haut s'apprête à te bénir :
Avec cette autre Elue et qui vers toi s'avance,
Aujourd'hui, plein de joie et de reconnaissance,
Echange les serments sacrés des saints Epoux ;
Hâte-toi : la Discorde et Satan, contre vous,
Assemblent jour et nuit leurs complots et leur rage,
Tant leur cause d'effroi votre heureux mariage !
Tu sais tout. Veille donc. Suis bien l'avis du Ciel,
Qu'en songe te transmet l'Archange Gabriel.
Regarde : la voici, ta belle fiancée.
Elle avance vers toi, douce, mais empressée.
Va, ce n'est point l'orgueil, qu'elle ne connaît pas,
Non, c'est mon Maître, Dieu, qui dirige ses pas.

Il disparaît.

BOOZ, *se réveillant.*

Où suis-je ? Etait-ce un rêve ?... O vision étrange !

Il se lève.

Ne viens-je pas d'entendre, ici, parler un ange ?
L'aurais-je mal compris dans mon cœur en émoi ?
Le Ciel ouvert semblait descendre près de moi.

RUTH, *apparaît, s'approchant lentement.*

Là, sous mes yeux, est-ce l'illusion nouvelle
D'un songe, ou la bonté de Dieu qui se révèle ?
Oui ; la belle glaneuse est celle qui vient là !
Sa grâce qui m'émut, sa voix qui me troubla,
Ont, dès la première heure. attaché ma pensée
A son image en vain doucement repoussée....
La voici !... Que lui dire ?... Elle n'appartient pas,
Cette vision sainte, au monde d'ici-bas.
Est-ce un ange ? Est-ce toi, céleste visiteuse ?
Parle !

Entre Ruth.

SCÈNE VI

BOOZ, RUTH

RUTH

Hélas ! je ne suis qu'une pauvre glaneuse,
O mon maître. C'est moi qui trouvai grâce, hier,
A tes yeux. De tes champs l'accès me fut ouvert,
Et dans l'espoir d'un même accueil, j'y viens encore,
Afin de me remettre au travail dès l'aurore.

BOOZ

Je te vois arriver tremblante, sans manteau,
Pâle sous le vent froid qui souffle du coteau.

O pauvreté ! Passer la nuit sans feu, sans gîte !
Prends de mes mains ce chaud vêtement qui m'abrite.

Il lui donne son manteau.

RUTH

O maître, pour ton cœur plein de pitié, merci !

BOOZ

Plein de pitié, c'est vrai ; mais plein d'amour aussi.
Certes, je te dirais, tant l'heure est solennelle,
« Pour manteau nuptial, accepte ceci, belle » ;
Mais non, j'usurperais les droits sacrés d'autrui...
Sur ton pays, ton nom, j'ai hâte d'être instruit :
Dis-moi : qui donc es-tu ?

RUTH

Ta servante, ô mon Maître.
C'est en pays païen que le sort m'a fait naître,
Au-delà du Jourdain, en Moab. Mais, j'ai pris,
Au cœur de Mahalon, le meilleur des maris,
L'amour du Dieu des Juifs et son culte. Trop vite
La mort a séparé la jeune Moabite
De son époux, le fils d'Elimélech....

BOOZ, *à part.*

O Ciel !

RUTH, *poursuivant.*

Et de Noémi...

BOOZ, *de même.*

Sois béni, Dieu d'Israël !

Haut

Tu ne pouvais déjà plus m'être indifférente,
Certes, mais te voici ma très proche parente !
Mort sans postérité, Mahalon, ton époux,
Laisse à notre maison deux devoirs, — nul de nous
N'y faillira, — veiller désormais sur ta vie,
Et, t'épousant, afin que Dieu te glorifie,
Susciter à l'époux défunt un héritier,
En qui l'honneur du nom revive tout entier.

RUTH

Ainsi donc tu serais notre parent, ô Maître ?

BOOZ

Siméon, le faucheur que tu connais peut-être,
Est d'une parenté plus rapprochée encor.
Ce mien cousin, je dois l'interroger d'abord.
Prendre à son détriment ce que l'heure me donne,
Non ! jamais de ses droits je n'ai frustré personne.

Répondant à un geste de Ruth.

Oui, rends-moi le manteau .

RUTH, *à part.*

Mon cœur m'avait menti.

BOOZ

Garde moi le secret sur tout ce que j'ai dit.
Siméon va parler, décider s'il t'épouse...
Va-t'en. N'excitons pas la malice jalouse.
Vois, l'aurore est levée, et dans chaque labour
L'appel de nos veilleurs vient d'annoncer le jour.

RUTH

Des chants montent vers nous...

BOOZ

C'est la troupe joyeuse
Des moissonneurs.

RUTH

Adieu, Maître.

BOOZ

Adieu ; sois heureuse.

Ruth va pour partir.

Arrête. Un seul instant. Dis-moi si tout te plait
Dans l'espoir où mon cœur tremblant se révélait ?

RUTH

Oui, Maître.

BOOZ

Ah ! daigne Dieu, paroles fortunées,
Vous entendre !

RUTH

Confions-lui nos destinées.

Tous deux sortent par des sentiers opposés. Les moissonneurs arrivent en chantant la Chanson du Matin.

SCÈNE VII

SAMUEL, LES MOISSONNEURS, *puis* RUTH, *puis* BOOZ

CHŒUR DES MOISSONNEURS

M. Courtonne.

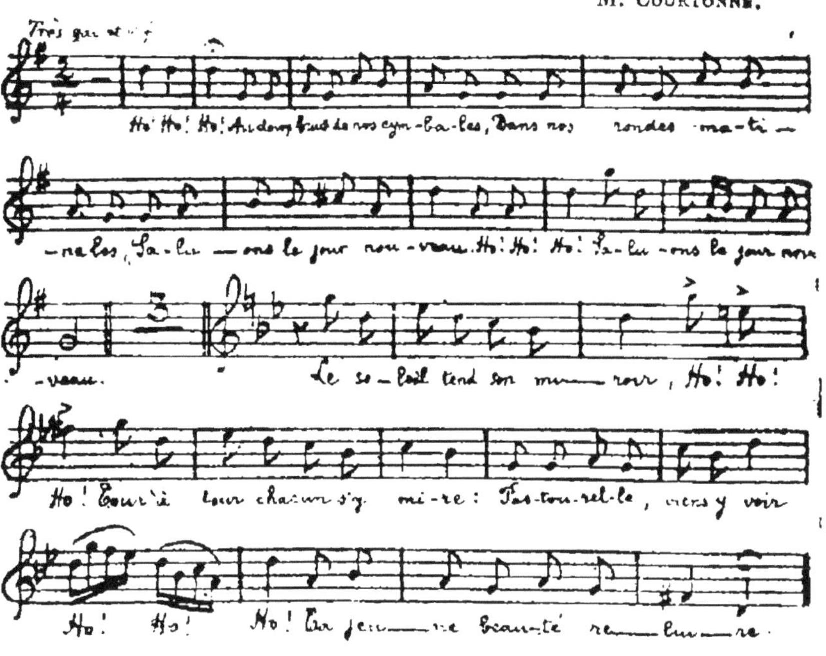

Refrain

Ho ! ho ! ho !
Au doux bruit de nos cymbales,
Dans nos rondes matinales,
Saluons le jour nouveau !
Ho ! ho ! ho !
Saluons le jour nouveau !

I

Le soleil tend son miroir,
Ho ! ho !
Tour à tour chacun s'y mire
Pastourelle, viens y voir
Ho ! ho !
Ta jeune beauté reluire.

II

Moissonneurs, debout, aux champ :
Ho ! ho !
L'alouette s'égosille,
Et vous raille, bonnes gens,
Ho ! ho !
Qui dormez quand le jour brille.

Ils passent et repassent par la scène, dansant et chantant. — Ruth apparaît plus loin, glanant. La danse s'éloigne peu à peu.

III

L'alouette et le soleil
Ho ! ho !
Auront-ils en pure perte
Rempli l'air d'azur vermeil
Ho ! ho !
Et partout donné l'alerte ?

RUTH, *entrant en scène, seule*

Le jour a chassé l'ombre et le froid de la nuit.
Booz ouvre ses champs aux faucheurs qu'il conduit,
Dans la gaîté du bon travail qui recommence
Moi, bien que dans mon cœur chante un espoir immense,

Je reprendrai, silencieuse, pas à pas,
Mes glanes d'épis mûrs par la plaine...

Elle glane, puis s'arrête.

Là-bas,
Ma pauvre mère attend le froment de ma gerbe...

Elle glane et s'arrête encore.

Un reflet de soleil luit sur chaque brin d'herbe,
Et c'est comme l'odeur de la bonté de Dieu,
Qui monte de la terre et retourne au ciel bleu.

SAMUEL

Hé ! glaneuse, bonjour ! Tu me parais pressée :
A peine fait-il clair, ta gerbe est commencée.

RUTH

Je suis attendue, oui.

SAMUEL

Va donc : tu trouveras
Que partout les épis foisonnent sous tes pas.
C'est l'ordre de Booz : « Plus, dit-il, la glaneuse
Est pauvre, plus ta main doit être généreuse. »
Va par où j'ai passé dans les champs que voici :
Ta glane est prête : prends sans scrupule.

RUTH

Oh, merci !

Sortant :

Dieu saint, quelle bonté !

ZELFO, *accourant suivi de quelques moissonneurs, à Samuel :*

Je te cherchais. Ecoute.

SAMUEL

Ah ! mon pauvre Zelfo, tu t'es trompé de route ?

ZELFO, *haletant*,

Oh !

SAMUEL

Parle ! Est-ce un malheur ?

ZELFO

Le semeur t'a trahi.
J'ai trouvé tout le champ par l'ivraie envahi...
Nous allions commencer, faucheurs et moissonneuses,
Mais dans les blés, partout, ces herbes vénéneuses...

SAMUEL

Un malheur, en effet.

A Booz, qui survient.

Maître, le savais-tu ?
C'est, dans ce vaste champ, un long travail perdu.

ZELFO

Chaque épi de froment semble porter, vous dis-je,
Cette peste d'ivraie accrochée à sa tige.

A Booz.

Maître, il ne suffit pas d'avoir un bon terrain,
Dans la main qui semait as-tu mis du bon grain ?

BOOZ

N'en doute point, Zelfo, la semence était bonne.
Mais d'un jaloux et d'un méchant rien ne m'étonne.

SAMUEL, *aux moissonneurs.*

Ah ! si je sais par qui ce champ fut empesté,
Il me la paiera cher, cette méchanceté !...
Mais avant de couper le froment, allons, vite,
Arrachons brin à brin toute l'herbe maudite.
Venez !

BOOZ, *survenant.*

Ne faites pas cela ! Non, arrêtez.

SAMUEL

Nos blés seraient ensuite aisément récoltés.

BOOZ

Patience, attendez ! Ce zèle qui m'effraie,
Pourrait tout arracher, le froment et l'ivraie.
Le mal vous fâche au bien mêlé ; mais, ici-bas,
Le Tout-Puissant, partout, ne le souffre-t-il pas ?
La moisson faite, un jour, elle sera vannée,
Le bon grain mis à part, puis, l'herbe condamnée,
Nous la bottèlerons et jetterons au feu.

SAMUEL

Allez, qu'il en soit fait comme le Maitre veut.

Fausse sortie des moissonneurs ; au dehors, huées violentes.

BETHPHOGOR *et* ITHAMAR, *à la cantonade.*

Hou ! voleuse ! Hou ! hou ! chassons ces Moabites !

BOOZ

Que veulent dire, amis, ces querelles subites ?

ITHAMAR *et* BETHPHOGOR, *à la cantonade.*

Prise encor sur le fait ! Voler à ciel ouvert !
Hou ! Hou !

ZELFO, *rentrant.*

C'est ce hideux coquin, vrai Lucifer,
Qui d'un bras furieux traîne ici la glaneuse.

BOOZ

Il ose....

SCÈNE VIII

LES MÊMES, BETHPHOGOR, ITHAMAR,
RUTH, *puis* GABRIEL *en moissonneur.*

BOOZ *outré, à Bethphogor, qui traîne Ruth.*

Laisse-la !... Ruth ?

BETHPHOGOR

Maître, une voleuse !
Ne l'avons-nous pas vue, oui, mon amie et moi,
Ramasser en plein jour, emporter sans émoi,
Non pas quelques épis, mais une gerbe entière !

ITHAMAR

Vois, de tes droits sacrés comme elle fait litière !

BETHPHOGOR

Fallait-il tolérer ce crime ?

ITHAMAR

Un vol pareil ?

BOOZ

Vous, d'abord, dois-je en rien vous demander conseil ?
J'ai voulu qu'elle fît sa moisson sur mes terres.
Et puis, vous me semblez, sous vos dehors austères,
Etrangement suspects, orgueilleux serviteurs !

RUTH, *s'inclinant pour remercier Booz, s'efface derrière un groupe de moissonneurs et disparaît.*

GABRIEL, *à Booz,*

Permets-moi d'ajouter, contre ces insulteurs,
Un mot pour t'affermir dans tes soupçons trop justes :
Je les écoutais, là, de ce bouquet d'arbustes ;
Ils restèrent longtemps à comploter tout bas.
En des ricanements qui ne tarissaient pas,
Ils se sont applaudis d'avoir sur ta semence
Semé l'ivraie à pleines mains....

ZELFO, *éclatant.*

Vite, vengeance !

PLUSIEURS MOISSONNEURS, *de même, prenant des pierres.*

Abominable ! Horrible ! A mort les faux valets !
Empoisonneurs ! Lapidez-les ! Lapidons-les !

BETHPHOGOR, *aux moissonneurs.*

Quelle preuve avez-vous contre moi ? Tous, arrière !
Osez donc seulement me jeter une pierre !
C'est moi qui vous accuse ! Au travail, au repos,
Je vous tiens sous mes yeux et j'entends vos propos,
Menteurs, joueurs, voleurs, fainéants, hypocrites !

BOOZ, *s'interposant.*

Cesse, homme au cœur méchant, tes injures gratuites.
Qui te croirait ?

BETHPHOGOR

Maître, ah ! l'on te connaît aussi !
Donc, tu ne me crois pas ?

Aux moissonneurs.

Vous, écoutez ceci.
J'ai vu comme elle agit, cette vertu fameuse,
La nuit, en tête-à-tête avec votre glaneuse,
L'infâme Moabite, ici-même, oui !

BOOZ

Tais-toi !

BETPHHOGOR

Oui, je démasque un hypocrite ; c'est pourquoi
L'insulte, le mépris veut étouffer mon zèle.

BOOZ

Tu l'as dit, le mépris ; le mien du moins ; mais, elle,

Il cherche du regard Ruth, qui a disparu.

Son calme devant nous montre à quelle hauteur
Elle plane au-dessus de toi, vil imposteur !

Aux moissonneurs.

Vous qui me comprendrez, amis, prêtez l'oreille :
Sur cette femme il faut désormais que je veille.
Veuve de Mahalon, Juif de ma parenté,
Elle a donc droit à mes égards, à ma bonté.
Or, ici, devant vous, je jure sur mon âme,
Moi qui veux plaire à Dieu, d'épouser cette femme.
Si le plus rapproché d'entre tous ses parents,
Siméon, ne vient pas nous dire : « Je la prends ».

ZELFO, *à Siméon.*

Tu sais comme elle est belle, accorte et travaillante.

SIMÉON *à Zelfo.*

Qui ? Moi ? donner mon nom à cette mendiante ?

BOOZ, *à Siméon.*

Frère, Noémi vend le champ de son fils mort :
Le droit de l'acheter revient à toi d'abord.
Ce privilège heureux que la loi te confère,
Dis-le devant tous : quel usage en veux-tu faire ?

SIMÉON

Qu'un ami du défunt, si tel est son avis,
Prenne son champ, sa veuve, et lui suscite un fils.

BOOZ, *pressant.*

Achètes-tu le champ ? Epouses tu la veuve ?

SIMÉON

Je te cède mon droit. — Mais, quelle étrange épreuve !
La fille des païens, que j'aille l'épouser ?
Et toi, pieux Booz, toi, me la proposer ?
Elle a des charmes. Soit. J'y suis bien insensible.

BOOZ

Dieu veut que son royaume à tous soit accessible.
Dans ses prédictions clémentes, il lui plut
De promettre à la terre entière le salut.
Ne repoussons pas, nous, les races étrangères.
C'est bien. Donc, Siméon, en des réponses claires,
Est venu renoncer à son droit devant vous.
Ce qu'il refuse, moi, je l'accepte. Ici, tous,
Vous êtes mes témoins : je demande en partage
Des fils d'Elimélech le pieux héritage.

Ruth et Noémi reparaissent et s'avancent en scène.

Comme pour ce trésor j'offrirais tous mes biens,
Jugez de mon bonheur si de vous je l'obtiens !
O Ruth ! O Noémi, parlez !

NOÉMI

Que Dieu t'accorde
D'être à jamais heureux pour ta miséricorde !
Toi par qui le salut nous vient, je te bénis !

BOOZ

Veux-tu que nos destins et nos cœurs soient unis ?
Veuve de Mahalon, seule gloire vivante
De Juda ?... Ruth ?

RUTH

Voici que je suis ta servante.
Maître, qu'il me soit fait selon ta volonté.

Booz revêt Ruth du manteau nuptial.

SAMUEL

Nous sommes tes témoins dans ta félicité.

A Ruth.

Et toi, pleine de grâce, ô nouvelle maîtresse,
Qu'il demeure avec toi, Dieu, de qui je t'adresse
Le salut, femme heureuse en son fruit immortel !
Rappelle-nous Lia, sois une autre Rachel,
O toi, sainte vaillance, humilité profonde,
Porte qui dans Juda s'ouvre au salut du monde !

ZELFO

L'épouse de Booz ! Amis, accourons tous
Nous courber devant elle et plier les genoux !

ZELFA

Que près de son Seigneur la reine des maîtresses
Daigne prier pour nous, pécheurs et pécheresses !

UN MOISSONNEUR

Maintenant et toujours !

ZELFO

Debout ! et crions tous :
Qu'elle vive à jamais !

TOUS

Vivez, nobles époux !

ZELFA

Roses et lis des champs, qu'en hâte chacun tresse,
Sur vos chemins fleuris diront notre tendresse.

BOOZ

Au festin nuptial rendons-nous tous gaîment.

GABRIEL, *apparaissant en Archange.*

Tu dis bien, ô Booz, fête joyeusement
Tes noces. Mais d'abord écoute mon message :
Je viens au nom de Dieu bénir ton mariage.
Moi, l'ange Gabriel, en serviteur vêtu,
Dans tes champs, sous ton toit, j'ai veillé, combattu,
Déjoué des complots, sauvé parfois ta vie
Contre l'assaut de la fureur et de l'envie.

Apparaissent Lucifer et la Discorde en démons.

Vois-tu ce Lucifer que la Discorde suit ?
Ta maison eût croulé sur ton bonheur détruit,
Si Dieu n'avait pas mis à tes côtés son Ange.

LUCIFER

C'est triompher trop tôt. Voici que je me venge.
Tu viens du Ciel ? Moi, de l'enfer ! Tu viens bénir ?
Et moi, maudire ! A qui restera l'avenir ?

GABRIEL

En ces bénis de Dieu, Booz et l'Epousée,
Tu vois quelle allégresse est déjà commencée !

LUCIFER

Que l'étrangère soit la honte d'Israël !

GABRIEL

Gloire à son Fils ! Sa race au renom immortel
Donnera de grands rois à la Judée heureuse.

LUCIFER

Maudits soient-ils ! Voici que l'abime se creuse
Où va sombrer leur gloire à jamais !

GABRIEL

Au saint lieu,
Par eux prospérera le culte cher à Dieu.

LUCIFER

Aujourd'hui vicieux, qu'ils soient demain infâmes !

GABRIEL

Les fils de Ruth, vainqueurs de tes impures flammes,
Brilleront dans l'honneur et dans la pauvreté,
Plus grands de siècle en siècle en leur humilité,
Jusqu'au dernier rameau de leur race royale,
Rempli d'un tel afflux de grâce virginale,
Qu'on dira de sa tige élue : « Elle a porté
La plus sublime fleur de la Divinité. »
Alors Dieu m'enverra de nouveau sur la terre.

LUCIFER

Soit. Mais en ces jours-là, c'est toute ma colère
Qui, frappant ses grands coups, vous épouvantera.

GABRIEL

Dieu, du pied de sa Mère, alors t'écrasera.

LUCIFER

Moi, je l'écraserai ! Mieux ! Lors du dernier compte,
Je le clouerai sanglant au gibet de la honte !

GABRIEL

Il ressuscitera.

LUCIFER

Pour retourner aux Cieux,
Car les miens lui rendront ce séjour odieux.

GABRIEL

Il aura fait d'avance une offrande sacrée,
Un legs mystérieux d'immortelle durée,
Etabli pour jamais son divin Sacrement,
Dans un pain sans levain fait du plus pur froment :
Et, celui qui semblable à Ruth, l'humble glaneuse,
Humblement recevra, dans une ardeur pieuse,
Ce froment des Elus, tes fureurs contre lui
Ne prévaudront jamais ; c'est toi, comme aujourd'hui,
Qu'il faudra relever, — de quelle chute immonde !...

LUCIFER

Je resterai debout jusqu'à la fin du monde !

GABRIEL

Lutte donc, ô Satan ! Sème ton mauvais grain.
Mais, nous, les Moissonneurs du Maître Souverain,
Au jour où Dieu te comptera ta juste paie,
Nous saurons séparer ses blés de ton ivraie.

LUCIFER, *sortant avec la Discorde.*

Garde le dernier mot. Nous aurons notre tour.

GABRIEL

Va, tu n'es que la haine, et nous sommes l'amour.

RIDEAU.

Vannes. — Imprimerie LAFOLYE Frères, 2, place des Lices,

www.ingramcontent.com/pod-product-compliance
Ingram Content Group UK Ltd.
Pitfield, Milton Keynes, MK11 3LW, UK
UKHW021601260726
13993UKWH00002B/969